Zoe
y
SASAFRÁS
DRAGONES Y MALVAVISCOS

THE INNOVATION PRESS

LEE LOS DEMÁS LIBROS DE LA SERIE

ÍNDICE

PARA TIM — ML
PARA GOOSE Y BUBS — AC

Publisher's Cataloging-in-Publication
Citro, Asia, autora.
Dragones y malvaviscos / Asia Citro ; ilustradora, Marion Lindsay.
Título original en inglés: Dragons and Marshmallows
pages cm -- (Zoé y Sasafrás ; 1)
Resumen: Una niña, Zoé, y su gato, Sasafrás, hacen experimentos científicos para ayudar
a un dragón en problemas.
Audiencia: Grados K-5.
LCCN 2016904046
ISBN 9781943147748
1. Cats--Juvenile fiction. 2. Dragons--Juvenile fiction. [1. Cats--Fiction. 2. Dragons--Fiction.
3. Science--Experiments--Fiction. 4. Experiments--Fiction.] I. Lindsay, Marion, ilustradora. II.
Título. III. Series: Citro, Asia. Zoey and Sassafras ; 1.
PZ7.1.C577Dr 2016
[E]
QBI16-600078

Publicado por The Innovation Press
7511 Greenwood Ave North. #4312, Seattle, WA 98103
www.theinnovationpress.com

Impreso y encuadernado por Worzalla
Fecha de producción Febrero 2021 | Ubicación de la planta: Stevens Point, Wisconsin

Diseño de portada: Nicole LaRue | Diagramación del libro: Kerry Ellis
Traducido al español por Aparicio Publishing

CAPÍTULO I
CIRCO DE INSECTOS

—¿Qué pasa, Sasafrás? —dije, mientras me agachaba a acariciar el suave pelaje de mi gato. Sasafrás estaba tratando de voltear una piedra pesada y mohosa con la pata. De seguro había algo bueno allí debajo.

Levanté la piedra con cuidado y... ¡sí! Aplaudí. La piedra sin duda escondía un tesoro: ¡millones de cochinillas!

Bueno... tal vez no *millones*, pero por lo menos veinte.

Sasafrás dio un paso hacia adelante.

—¿Miau?

—¡No! ¡No te comas los insectos! Qué asco.

A mi gato le encantan los insectos tanto como a mí, pero por distintas razones.
A mí me encanta jugar con los insectos; a Sasafrás le encanta comérselos.

Mmmm. Ahora tengo que pensar en algo súper genial que hacer con las cochinillas. Me puse una en la palma de la mano y me hizo cosquillas cuando comenzó a caminar.

Sasafrás corrió hacia mi pila de cosas y rascó con la pata las Gafas para pensar.

—Uy, qué buena idea —dije, y me las puse en la cabeza.

La mayoría de los científicos usan gafas de protección para los ojos y yo también, cuando necesito proteger los míos. Pero cuando necesito que se me ocurran ideas brillantes, me pongo las Gafas para pensar en la cabeza. Así las tengo más cerca del cerebro.

La cochinilla que tenía en la mano caminó sobre un puente que formé al juntar las puntas de mis dos dedos índice.

—¡Ya sé! ¡Hagamos un circo de insectos!

Formé unos aros con ramas pequeñas para que los insectos treparan. Luego, acomodé unas piedritas redondas para que hicieran equilibrio. Y después, até una hoja de pasto a cada extremo de un pedazo plano de corteza para formar un columpio que sostuve a poca distancia del suelo (en caso de que alguno de mis acróbatas se cayera).

Mi parte favorita fue la cuerda floja que creé al balancear una rama larga entre

dos piedras planas. Una de las cochinillas
más grandes se trepó a la cuerda floja.

Me acosté sobre el pasto suave, apoyada
en los codos.

—¡Vamos, cochinillita! ¡Tú puedes!
—la animé.

Ya casi... ya casi. ¡No! La cochinilla
se cayó al pasto. Y luego, otra lo intentó.
A las cochinillas más grandes les costaba
demasiado trabajo. Mmmm. Alcé con
cuidado a la cochinilla más pequeña.

—Bien, chiquilla. Aunque seas
la más pequeña, creo que puedes hacerlo.
¡Muéstrame de qué eres capaz!

Coloqué la diminuta cochinilla en
una de las puntas de la rama. Mientras
cruzaba, contuve el aire y no lo solté hasta
que llegó a la otra punta.

¡Lo logró! Di un salto, grité de alegría
y miré alrededor buscando a mi mamá.
Luego recordé que ella estaba adentro
empacando. Yo estaba acostumbrada a
verla a mi lado cuando estaba afuera.

—A mi mamá le va a encantar esto. Vamos por ella, Sasafrás. ¡Andando!

Miré hacia atrás apenas a tiempo para sorprender a Sasafrás acercándose lentamente hacia mis acróbatas.

—Ni lo pienses, gatito. Tú vienes conmigo. *Jamás* te dejaría aquí con mis insectos. ¡Mis nuevos amigos no son bocadillos!

Sasafrás me miró molesto, pero se dio por vencido y me siguió. Al acercarnos a la casa, vi a mamá junto a la ventana. Pero no nos miraba a nosotros. Miraba hacia el viejo establo y tenía una foto en la mano.

CAPÍTULO 2
LA FOTO
MISTERIOSA

Sasafrás y yo entramos de prisa a la oficina de mi mamá. Ella dio un brinco, escondió la foto debajo de una pila de papeles y se sonrió.

—¡Mamá! Sasafrás encontró un millón de cochinillas debajo de una piedra del jardín. Yo no sabía qué hacer con ellas, pero me puse las Gafas para pensar ¡y se me ocurrió hacer un circo! Con cuerda floja y todo. ¡Ven a verlo, por favor!

—Qué maravilla, Zoé. Ya casi termino de prepararme para el viaje. Dame cinco minutos, ¿sí?

Encogí los hombros y me apoyé sobre su escritorio mientras Sasafrás se colaba entre mis piernas. Yo actuaba como si no me importara que mi mamá se fuera de viaje. Pero en el fondo estaba un poquito nerviosa porque no la vería en toda una semana.

También me daba curiosidad la foto que ella había escondido tan rápidamente. Mientras mi mamá empacaba, miré entre sus papeles y los revolví con disimulo. Ajá. *¿Qué* era eso? Una luz morada relucía por debajo de la pila de papeles. Retiré los papeles de arriba y me quedé sin aliento. En la foto aparecía mamá cuando tenía más o menos mi edad. Su sonrisa mostraba que le faltaban dos dientes. Tenía un sapo morado en la cabeza, y el sapo *brillaba*. Por poco dejo caer la foto.

Mamá miró hacia atrás.

—¿Qué pasa? —preguntó.

Sostuve la foto con manos temblorosas.

—En esta foto... el sapo... brilla. ¿Cómo es posible?

Mi mamá se volteó tan rápido, que algunos de los papeles que tenía en la mano cayeron desordenados al suelo.

—¿Puedes *ver a Pip*?

¿Pip? ¿Quién era Pip? ¿Qué rayos estaba pasando?

CAPÍTULO 3
PIP

Mamá se había quedado inmóvil.

—Nunca pensé... Estaba segura de ser la única —murmuró.

Por fin se recuperó y se sentó junto al escritorio.

—Perdóname por actuar de forma tan extraña. Siéntate, por favor. Voy a tratar de explicarte.

Mi mamá negó con la cabeza una vez más y me sonrió.

Me senté despacio. Estaba súper confundida. ¿Un sapo que brillaba?

¿Que solo mi mamá podía ver? El estómago me dio mil vueltas.

Cargué a Sasafrás y lo abracé. Se acomodó en mis piernas y me calmé un poco con su ronroneo. Estaba esperando una buena explicación por parte de mamá.

—¿Recuerdas que esta era la casa de los abuelos?

Asentí despacio y seguí acariciando a Sasafrás. El corazón me latía con fuerza.

—Cuando tenía tu edad, yo también pasaba horas en el bosque. Un día, estaba arrojando piedras al río cuando vi algo que brillaba bajo la luz del sol.

—¿El sapo morado? —pregunté.

Mi mamá asintió.

—Su radiante piel morada estaba totalmente cubierta de manchas de un anaranjado fosforescente. Nunca había visto nada igual. ¡Estaba segura de haber descubierto una especie nueva!

Asentí de nuevo. Me encantan los sapos y nunca había visto uno como ese.

—El pobrecito estaba acurrucado en el suelo y apenas respiraba. Con seguridad estaba enfermo o herido. ¡Tenía que ayudarlo! Entonces lo alcé con cuidado y me lo acerqué. Encontré una pecera vieja en nuestro establo y me puse manos a la obra. Tenía que averiguar qué le pasaba. Los libros me ayudaron un poco,

pero también tuve que hacer unos cuantos experimentos sencillos. Lo que descubrí con los experimentos me sirvió para ayudar al sapo a recuperarse. Cuando vi que estaba un poco mejor, supe que lo debía regresar al bosque. Metí la mano en la pecera y ¡el sapo me saltó a la mano! Al alzarlo, sucedió algo increíble. La cosa más loca que había visto en toda mi vida...

Sabía que mi mamá estaba a punto de decir algo increíble. Ella es científica, así que ve cosas locas a cada rato. Si esta era *la cosa más loca que había visto en toda su vida*, seguramente era algo increíble.

Me incliné tanto hacia adelante que Sasafrás se resbaló

y cayó al suelo con un *pum*. Lo volví a cargar rápidamente.

—¿Qué pasó? ¿Qué viste?

—El sapo me miró a los ojos, sonrió y me dijo "gracias".

Me llevé la mano a la boca.

¿Qué estaba diciendo mi mamá? ¿Acaso estaba bromeando? Pero parecía estar hablando en serio. ¿Un sapo que habla? ¿De verdad? ¡No podía ser cierto!

—Estaba tan estupefacta —continuó mi mamá—, ¡que casi lanzo al pobre por los aires! En eso, el sapo me dijo: "¡Epa!

Tranquila, pequeña. No tengas miedo. Me llamo Pip y te agradezco mucho tu ayuda".

Aquí *tuve* que interrumpirla:

—Pero esto es una *locura*, mamá. Los sapos. No. Hablan.

Mi mamá me dio una palmadita en la pierna y continuó:

—Eso fue lo que yo también pensé al principio. Pero el sapo siguió hablando. No era un sueño. No estaba imaginando cosas. De verdad había un sapo llamado Pip que estaba hablando conmigo. Me temblaban tanto las manos que tuve que poner a Pip en la mesa por su propia seguridad. Allí me contó que se había quedado afuera de noche, buscando algo que había perdido durante el día, y que un búho lo había atacado. Estaba aterrado y herido, pero pudo escapar. Eso fue lo último que recordaba hasta que despertó en nuestro establo. Cuando me recuperé del susto, Pip me dijo que había muchos animales mágicos en nuestros bosques, pero que normalmente, los humanos no podían verlos. Pip me preguntó si podría ayudar a otros que estuvieran lastimados o enfermos como él. Yo acepté, por supuesto. Cuando Pip se fue, empezó a correr la voz sobre mí y el establo. Y, desde entonces, he estado ayudando a los animales mágicos del bosque.

Una gran sonrisa se me dibujó en la cara. Esto era increíble. Si hay algo que me gusta más que la ciencia es la magia. Y mi mamá me estaba diciendo que había magia aquí mismo, ¡en nuestro propio jardín!

CAPÍTULO 4
EL TIMBRE

Estaba muy emocionada y tenía *muchas* preguntas.

—¿Por qué sale una luz morada de la foto? ¿Se debe a la magia? ¿Y por qué yo nunca he visto a ninguna de las criaturas mágicas? Todavía vienen a verte, ¿no? ¿Dónde las guardas? ¿Hay alguna aquí en este momento?

Mi mamá se rio.

—¡Uf! Vamos por partes. Sí, la foto brilla debido a la magia. Cada vez que le tomas una foto a una criatura mágica, parte de la magia se queda en la foto. Cuando una criatura mágica de veras necesita mi ayuda, la alojo en el establo. Y, por último, no, no hay ningún animal mágico aquí en este momento. A veces pasan semanas sin que nadie necesite de mi ayuda. Entenderás mejor todo esto cuando te muestre el establo. Vamos.

Mientras mamá y yo caminábamos hacia el establo, me reí en silencio. Nunca jugaba allí porque me parecía un lugar súper aburrido. Vaya si estaba equivocada.

Mi mamá me guió hacia la puerta trasera del establo.

—Antes de regresar al bosque, Pip instaló un timbre especial en la puerta trasera de nuestro establo. Pensé que yo era la única de la familia que lo podía ver. Pero me imagino que tú también podrás verlo.

Sasafrás interrumpió a mi mamá, maullando a todo volumen.

Mi mamá se rio.

—Ah, sí. Me faltó decir que los animales astutos como Sasafrás también pueden verlo.

Me arrodillé y revisé la pared trasera del establo por todas partes.

—Pero no veo nada —dije.

—Acuéstate boca abajo. Ahora mira un poco hacia la izquierda. Y un poquito más abajo. ¿Lo ves?

Bajé la cabeza un poco más y el pasto me hizo cosquillas en el cuello. De pronto, vi un botón redondo. Parecía un timbre normal, pero brillaba formando una ola con todos los colores del arcoíris. Alcé un poco

la cabeza y el timbre desapareció. ¡Guau!
Con razón nunca antes lo había visto.

Aunque, ahora que lo pienso, creo que
lo había *oído* antes. De vez en cuando, de
la oficina de mi mamá,
salía un tintineo de lo más bonito.
Ella siempre me decía que era la alarma
del teléfono que le recordaba hacer algo.
Creo que nunca se me ocurrió preguntarle
qué cosa era.

—El timbre que a veces suena en
la casa... ¿es el del establo?

—Sí, es ese. Nunca sé cuándo sonará,
pero cuando estoy en casa, siempre estoy
atenta.

—Y si no estás en casa, ¿qué pasa?

—Pues lo único que puedo hacer es
confiar en que estaré aquí cuando suene el
timbre y un animal me necesite.

En eso recordé a mi mamá de pie junto
a la ventana mirando hacia el establo.
De seguro estaba preocupada por lo que
pudiera pasar cuando se fuera al congreso.
Tal vez... tal vez la podría ayudar.

—Vas a estar de viaje *una semana*. Es mucho tiempo. Si un animal toca el timbre mientras no estás, ¿crees que yo pueda ayudarlo?

Me miré los pies y di un golpecito en la tierra con la punta del zapato.

—Quiero decir... sé que todavía soy pequeña, pero podría intentarlo.

Mi mamá se sonrió.

—Tenía la esperanza de que lo sugirieras. ¿Estás segura? Es posible que sea mucho trabajo para ti. Pero sabes que puedes llamarme si necesitas mi ayuda.

Asentí con la cabeza y enderecé un poco la espalda. Mamá me tomó de los hombros y me dio un beso en la frente.

—Ya no tendré de qué preocuparme cuando salga de viaje. Gracias.

El estómago me dio vueltas. Por un lado, estaba súper emocionada de conocer a un animal mágico. Por el otro, me preocupaba no saber qué hacer. No quería echar a perder las cosas.

Pero mamá tenía mi edad cuando ayudó a Pip. Una niña ya había hecho esto sola.

Eso quería decir que yo también sería capaz.

¿Verdad?

CAPÍTULO 5
EL ESTABLO

Mi mamá abrió la puerta y entramos. El establo parecía distinto, mágico. Nunca lo había visto así. Ahora sabía que escondía secretos.

—En estos armarios guardo los suministros médicos que he acumulado durante años —dijo mi mamá—. Y aquí hay algunos libros que te pueden ser de utilidad. No hay ningún libro sobre animales mágicos, pero ya verás que muchas veces las criaturas mágicas y los animales comunes son similares. Una vez tuve a un zorro alado enfermo y me sirvió leer libros sobre aves y también sobre zorros. A veces tendrás que hacer un experimento para averiguar lo que necesita el animal o lo que podría ser más efectivo. Puedes hojear mis viejos diarios científicos que están allí para tener una mejor idea de lo que estoy diciendo.

El corazón me latió más rápido. En cuanto mi mamá terminara de mostrarme el establo, me iría derechito a ver los diarios. Contuve la respiración. ¡Allí encontraría más fotos mágicas! Me moría por verlas.

La interrumpí:

—Entonces, si oigo el timbre, ¿vengo al establo corriendo? ¿El animal estará junto a la puerta trasera? ¿Y lo dejo entrar e intento averiguar lo que tiene?

Mi mamá asintió.

—Algunos animales saben hablar, como Pip, pero la mayoría no. Recuerda, puedes usar mis libros y mis diarios viejos si necesitas buscar información. Tal vez pienses que es mucha responsabilidad, pero sé que lo harás lo mejor que puedas. ¿Tienes alguna pregunta?

La mente me daba vueltas, pero negué con la cabeza. Si mi mamá creía que yo podía con esto, entonces podría. Eso esperaba.

En caso de que las cosas se complicaran mucho, podría pedirle ayuda a mi papá. Un momento... Mi mamá no había mencionado a mi papá para nada, y eso era muy, pero muy raro.

—¿Y papá? ¿Él no me puede ayudar?

—Tu padre no es capaz de ver a ninguno de los animales mágicos. Hasta cuando tú viste a Pip en la foto, pensaba que yo era el único ser humano que podía verlos —dijo mi mamá, negando con la cabeza con tristeza—. Una vez traté de presentarle a Pip a tu papá, pero no pudo ni verlo ni oírlo.

Vaya. Entonces realmente todo dependía de mí.

Mi mamá me dio un beso en la cabeza.

—Debo marcharme, ¡pero te veo en una semana! Antes de irme le voy a decir a tu papá que estás aquí.

—¡Espera! —dije—. Si viene una criatura mágica, ¿le puedo tomar una foto?

Estaba segura de que una de las mejores partes de todo esto sería coleccionar fotos mágicas.

Mi mamá se rio y abrió un cajón del escritorio.

—Aquí está mi cámara. Puedes usarla, pero como es de rollo instantáneo, no puedes tomar demasiadas fotos

porque saldría muy caro revelarlo. Solo toma una de cada animal, ¿sí? ¡Ah! —agregó,

mientras sacaba algo del cajón—. Aquí tienes un diario científico nuevecito, solo para ti.

Extendí los brazos y le di a mi mamá un fuerte abrazo. Me encantaba la idea de distraerme con todas las cosas que había en los armarios y cajones y con los viejos diarios científicos de mi mamá. Esto hizo que fuera más fácil despedirme de ella.

Coloqué mis Gafas para pensar sobre el escritorio y tomé la pila de diarios científicos. Pasé un par de horas hojeando los diarios, mientras Sasafrás ronroneaba sobre mis piernas. Las fotos eran *tan* increíbles. Llegué a una página que tenía una criatura que parecía una flor. Me incliné para verla más de cerca y un aroma a rosas me inundó la nariz.

Unas cuantas páginas después encontré la foto de algo esponjoso, azul y con forma de serpiente. Pasé los dedos sobre la foto y sentí la suavidad de las plumas. Esto iba a ser muy divertido. No veía la hora de saber cuál sería la primera criatura que conocería.

CAPÍTULO 6

SUENA

EL TIMBRE

Al día siguiente me quedé en la oficina de mi mamá con los oídos atentos, pero no pasó nada. Al otro día fue lo mismo, el timbre no hizo ni pío. Pero al quinto día, estaba leyendo en el sofá cuando, por fin, oí el tintineo mágico. Me paré tan rápido que Sasafrás salió disparado de mi regazo. Voló por los aires dando un chillido, pero aterrizó sobre las patas. Me miró molesto, pero luego sus orejas apuntaron hacia el timbre. ¡Él también lo había oído!

Los dos salimos corriendo al establo. Estábamos ansiosos por ver quién necesitaba de nuestra ayuda.

Al llegar a la puerta trasera del establo, me detuve a escuchar. El silencio era total, excepto por los latidos de mi corazón.

—¿Estás listo, gatito? —le pregunté a Sasafrás, sonriendo.

Sasafrás maulló y rascó la puerta. Yo lo interpreté como un "sí".

Abrí la puerta lentamente y me encontré con un animalito verde cubierto de escamas. Estaba acurrucado en forma de bola. Oí unos crujidos entre los arbustos y alcé la mirada justo a tiempo para ver una cola azul yéndose hacia el bosque. Tal vez otro animal había traído a este para que lo ayudáramos.

—¿Quién anda ahí? —pregunté, pero nadie respondió. El misterioso animal azul no regresó.

Acerqué la mano con mucho cuidado para tocar el lomo verde y liso de

la pequeña criatura acurrucada a mis pies.
Al hacerlo, se asomó una cabecita.

—¡Ah! —murmuré—. Eres muy bonito.

Alzó sus ojos tristes y me miró.

—No te preocupes, pequeñito. ¡Haremos
que te sientas mejor! —dije, tomándolo
entre mis brazos.

Sasafrás comenzó a zigzaguear con
emoción entre mis piernas mientras yo
llevaba el animal al establo.

Lo coloqué sobre una mesa de madera.

—Estás un poquito pesado para ser
tan pequeño —dije.

Lo volví a acariciar suavemente y el animal se estiró despacio y desplegó dos alas pequeñas y una cola larga. ¡Era un dragón! Y era tan pequeño que debía de ser un bebé.

¡Un dragón bebé! ¡En mi establo!

—¿Qué tienes, pequeñito? No veo rasguños ni cortaduras. Pero no estarías en este establo si no necesitaras ayuda.

Parecía estar bastante débil. Después de mirar a su alrededor, dejó caer la cabeza sobre la mesa y se quedó acostado.

Sasafrás se subió a la mesa y lo olfateó

por todos lados. El dragón bebé alzó la cabeza, tosió suavemente ¡y dejó escapar una chispa! Sasafrás brincó por los aires y aterrizó en el suelo con el pelaje erizado.

¡Uy! Tenía que mover a este chiquitín antes de que volviera a toser.

—Mmmm. Necesito llevarte a un lugar que no se vaya a incendiar —dije, mirando a mi alrededor—. Veamos... la madera, la tela y el heno se queman con facilidad. ¡Bingo! Te meteré en este corral con piso de tierra. Si toses otra vez, la tierra no se incendiará.

¡Uf! Entre rápidamente al corral con el dragón bebé bajo el brazo. Sasafrás se quedó atrás y nos miró desde afuera del corral. Mi gatito ya no estaba tan seguro de querer ser afectuoso con nuestro nuevo amigo.

CAPÍTULO 7
CRÍAS DE SERPIENTE

Una vez que estuve segura de que el estable no estallaría en llamas, tenía que ayudar al dragón. Su cuerpecito seguía tumbado allí, como un bulto. ¡Pobrecito!

Caminé a su alrededor varias veces. Primero se me ocurrió que podría tener un resfriado, pero no volvió a toser. Hojeé los diarios científicos de mi mamá, pero no encontré ningún caso sobre dragones. Me quedé perpleja. Puse los diarios sobre el escritorio y sin querer hice caer al suelo las

Gafas para pensar. ¡Perfecto! Les sacudí el polvo y me las puse en la cabeza.

De inmediato sentí que un recuerdo me hacía cosquillas en el cerebro. ¿Tal vez algo que había sucedido el verano pasado? ¿Algo relacionado con el bosque? ¡Sí!

El verano pasado mi mamá y yo estábamos paseando. Sasafrás, que nunca

se pierde de una buena caminata, se detuvo
de repente junto a una pila de piedras. No
se quería ni mover, y mi mamá se arrodilló
para ver qué lo tenía tan fascinado.

—¡Zoé! ¿Ves la cabecita que se asoma
por ese huevo? Estas crías de serpiente están
saliendo del cascarón. ¡Echemos un vistazo!

Cada cabecita de serpiente empujó
y empujó hasta que, *¡pum!*, un huevo
se rompió y una serpiente bebé salió

arrastrándose. La mayoría de las pequeñas serpientes descansaron brevemente y se deslizaron hacia el bosque.

Nos quedamos mirando hasta que solo quedaba un huevo. La pequeña serpiente estaba batallando allí adentro. Cuando salió, se quedó quieta. Era mucho más pequeña que sus hermanos y hermanas.

—¿Qué le pasa? —dije, mirando a mi alrededor—. ¿Dónde está su mamá? ¿Por qué no viene a ayudarla?

—Las serpientes no son mamíferos como nosotros. Son reptiles. Tienen escamas y la mamá serpiente pone huevos. ¿Recuerdas que los reptiles rara vez cuidan de sus crías?

Sí, recordaba haber leído eso pero, ahora que lo veía en persona, me parecía cruel.

—¡Pero son tan pequeñas! No se pueden cuidar solas. ¿Cómo van a saber qué hacer?

—A pesar de ser tan pequeñas, nacen listas para cuidarse por sí solas. Saben cómo cazar para alimentarse y cómo esconderse para mantenerse a salvo.

Miré a la pequeña y débil serpiente.

—¿Qué va a pasar con ella? Es tan pequeña... —dije, frunciendo el ceño—. Parece estar enferma.

—Cuando un animal tiene muchos bebés al mismo tiempo, a veces hay algunos que no son tan grandes o fuertes como los demás. Algunas personas los llaman los "renacuajos del grupo". Siento decirlo, pero estos animalitos casi nunca sobreviven.

Una lágrima me corrió por la mejilla. Era demasiado triste mirar a esa serpiente diminuta y pensar que moriría.

Mi mamá me dio un apretoncito en el hombro.

—¿Qué tal si le damos una ayudita a esta pequeña serpiente? Le podríamos

facilitar su primer alimento. Tal vez eso le dé fuerzas. A muchas serpientes bebé les gusta comer gusanos...

Antes de que mi mamá pudiera terminar la frase, yo ya estaba escarbando frenéticamente. Soy una campeona busca-gusanos. En menos de un minuto ya había encontrado uno de buen tamaño. Me sentí un poco mal porque me encantan los gusanos, pero se lo di a mi mamá. Ella lo balanceó suavemente frente a la serpiente bebé. Esta alzó la cabeza y se comió el gusano de un solo bocado. Sasafrás dio un maullido cuando la serpiente se reanimó y salió disparada hacia los arbustos.

Les di un toquecito a mis Gafas para pensar. ¡Listo! Tal vez este dragón bebé era el renacuajo del grupo. Tal vez tenía *hambre*. ¡Había resuelto el problema! Solo tenía que darle un poco de...

Un momento. ¿Qué comen los dragones?

CAPÍTULO 8
EL EXPERIMENTO
CON COMIDA

Me dio hambre de tanto pensar.
El estómago me rugió con fuerza.
Y Sasafrás gruñó.

—¡No seas sonso, Sasafrás! —dije,
acariciándole el pelaje—. Solo necesito
almorzar, regresemos a casa.

Mientras caminábamos, me di cuenta
de que tenía una gran pregunta para
un experimento. Tomé mi nuevo diario
científico y me senté con un sándwich
en mano. En la primera página, escribí:

PREGUNTA: ¿Qué les gusta comer a los dragones bebé?

Mmmm. El dragón bebé tenía escamas como la pequeña serpiente. Estaba segura de que era un reptil. Si las serpientes comían gusanos, tal vez los dragones también. Claro, este dragón bebé era mucho más grande que la serpiente bebé del bosque. Entonces, tal vez comería *muchos* gusanos.

Sabía que debía probar con distintos tipos de comida, por si acaso. Me preocupaba que fuera difícil hacer que el dragoncito comiera, así que escogí algunas de mis cosas favoritas. Puse las opciones en la mesa de la cocina e hice una lista.

MATERIALES:

 gusanos

tajadas de manzana

 huevos

 queso

malvaviscos

cereal

barra de granola

Ahora debía formular una suposición o hipótesis. Yo me comería los malvaviscos, pero la serpiente bebé se comió el gusano como si supiera a malvavisco. Encogí los hombros. ¿Será que los gusanos son como los malvaviscos para los reptiles?

HIPÓTESIS: Creo que va a comer gusanos. (Lo siento, gusanos).

Ahora debía preparar el experimento. Cada vez que hago un experimento, mi mamá me dice exactamente lo mismo: "Recuerda cambiar solo *una* cosa, y mantén todo lo demás igual en tu experimento". Y cuando digo que me lo dice *cada* vez, es porque realmente es cada vez.

Quería cambiar el tipo de comida que le iba a dar al dragón, así que debía mantener igual todo lo demás. Saqué del armario siete platos blancos *iguales*. En cada plato puse un tipo de comida distinto, pero la *misma* cantidad de comida en cada uno. Sonreí. Mi mamá estaría muy contenta con este experimento.

MATERIALES:

gusanos

tajadas de manzana

huevos

queso

malvaviscos

cereal

barra de granola

Y siete platos blancos del mismo tamaño.

¡puñado de cada cosa!

Ahora debía decidir qué pasos seguir.

1. Poner un puñado de cada comida en cada plato a la misma distancia del dragón bebé.
2. Salir del corral y observarlo.
3. Tomar nota de lo que come.

¡Listo! Recolecté las provisiones y sujeté el diario científico bajo la barbilla.

Cuando Sasafrás y yo llegamos al establo, me sorprendió ver que el dragón trataba de mirar a su alrededor.

—Hola, pequeñito —dije en voz baja—. Quiero que pruebes varios tipos de comida.

Puse cada plato de comida a la misma distancia del dragón. Él me miró con los ojos bien abiertos y llenos de curiosidad. Después de dejar todo en su lugar, salí del corral para tomar notas. El dragón bebé se levantó y lamió con cautela la comida del primer plato. ¡El cereal se le pegó en la lengua! Hizo una mueca, dio un salto atrás y se restregó la lengua con la pata. ¡Uy!

Escribí una nota rápida en el diario:

A los dragones no les gusta el cereal.

Después de limpiarse los restos de cereal, el dragón se calmó. Al poco rato, sus fosas nasales se abrieron de par en par. Olisqueó y dio unos pasos, luego olisqueó un poco más. Se saltó todos los demás platos y fue derechito hacia los malvaviscos. Sacó su pequeña lengua azul para lamerlos y sus ojos se iluminaron. Estaba tan emocionado que le dio hipo. Una chispa cayó en un malvavisco y humeó un poco antes de apagarse. De inmediato, el dragón se tragó el malvavisco asado.

No aguanté la risa. ¡Los malvaviscos asados son lo máximo! De seguro que le *encantarían* las galletas con malvaviscos y chocolate. Escribí mi conclusión:

A los dragones les encantan los malvaviscos!

Mientras Sasafrás y yo lo veíamos echar una chispa para asar cada malvavisco que quedaba, tomé una decisión.

Miré a Sasafrás y le dije, sonriendo:

—Debemos ponerle un nombre, aparte de "pequeñito". ¿Qué tal "Malvavisco"?

Sasafrás ronroneó en señal de aprobación.

Unos minutos más tarde, Malvavisco corría y brincaba por todo el corral, agitando sus pequeñas alas. Yo no podía parar de reír. Si me comiera un plato de malvaviscos, ¡también me sentiría así!

Sasafrás no pudo resistirse y se unió a la diversión en el corral. Los dos jugaron y jugaron hasta que cayeron formando una bola suave y escamosa. Noté que Sasafrás estaba jadeando un poco, así que llevé un tazón de agua al corral. Bebieron del plato uno al lado del otro. Luego, Malvavisco se recostó sobre la tierra. Plegó la cola, apoyó la cabeza y cerró los ojos.

—Es hora de tomar otra siesta, ¿verdad?
Malvavisco no hizo ni un ruidito.

A través de las ventanas del establo,
vi que el cielo estaba oscureciendo.

—¡Es hora de cenar, Sasafrás!
—murmuré—. Dejemos que Malvavisco
duerma. Vendremos a visitarlo por
la mañana.

Mientras Sasafrás y yo salíamos

de puntillas del establo, vi la cámara de fotos. Ay, ahora no podía despertar al pequeñito. Aunque me hubiera gustado captar esa tierna carita, tendría que tomar la foto al día siguiente.

Cuando regresé a casa, mi papá estaba cocinando. Sonreí al ver lo que estaba preparando. Eran panqueques en forma de Sasafrás, su especialidad. Cuando él los hace, parece cosa sencilla, pero cuando mi mamá y yo intentamos hacerlos, nos quedan como plastas sin forma.

Mi papá alzó la mirada y sonrió al ver las Gafas para pensar que yo todavía traía puestas en la cabeza.

—¿En qué has estado trabajando? —preguntó.

Estuve a punto de contarle sobre Malvavisco, pero recordé que él no era capaz de ver las criaturas mágicas. Era mejor no darle detalles sobre el dragón bebé.

—Estaba en el establo haciendo unos experimentos científicos con Sasafrás.

Mi papá le dio la vuelta a otro panqueque.

—Qué bien, hijita. Me da gusto saber que han estado entretenidos mientras tu mamá está de viaje.

Vaya que habíamos estado entretenidos. ¡Si mi papá supiera!

No veía la hora de que llegara la mañana. Primero, tomaría la foto mágica de esa tierna carita. Después, pasaría todo el día jugando... ¡con un dragón bebé!

CAPÍTULO 9

¿SASAFRÁS?

Desperté temprano y estiré el brazo para acariciar a Sasafrás como todas las mañanas. Su lugar habitual, junto a mis pies, se sentía frío y vacío. Me senté y recorrí el cuarto con los ojos, pero no vi ni rastros de él.

—¿Sasafrás? —exclamé—. ¿Sasafrás?

Nada. Él siempre estaba a mi lado cuando yo despertaba. ¿Dónde podría estar? Debía de andar cerca.

¿Se habría ido al establo? Me puse una chaqueta y un gorro de prisa. Afuera hacía mucho frío.

Abrí la puerta del establo y lo llamé:

—¿Sasafrás? ¿Estás aquí?

En vez de venir corriendo a saludarme, oí que maullaba desde el corral donde estaba Malvavisco.

Ahí estaban los dos.

—¡Sasafrás, me asustaste! ¿Qué haces aquí? ¿Extrañabas a Malvavisco, tesoro?

Estiré el brazo para que Sasafrás viniera por un abrazo, pero no se quiso despegar del dragón.

Me acerqué a acariciar a Sasafrás y a Malvavisco. Tan pronto como mi mano tocó el lomo de Malvavisco, di un brinco. ¡Parecía un cubo de hielo! ¿Por qué estaba tan frío? Y no se movía. ¡Ay, no! Algo andaba mal.

Entonces me acordé: nuestro dragoncito era un reptil. ¿Cómo se me pudo olvidar que los reptiles no producen su propio calor?

Me paré de un salto y busqué un calentador portátil.

Por suerte, había uno en el tercer armario

que abrí. Suspiré aliviada. Lo enchufé y lo
puse en el corral en dirección al dragón.

¡Debí haberlo recordado! Un par de meses
atrás, mi amiga Sofía se había ido
de vacaciones. Le acababan de regalar
una tierna lagartija bebé como mascota.
Yo estaba que brincaba de gusto porque
la iba a cuidar mientras ella estuviera de viaje.

Cuando la trajo a mi casa, vi una especie de lámpara grande sobre el terrario. Sofía me dijo que era su lámpara de calor y me hizo prometer, entrecruzando los meñiques, que yo tendría la precaución de dejarla siempre encendida. Me pareció raro, así que le pregunté por qué.

—La lagartija necesita algo que la mantenga tibia todo el tiempo. Es de sangre fría, así que no puede producir calor ella sola —me dijo—. Si no enchufas la lámpara, se puede enfermar, ¡y hasta morir!

Cuando Sofía se fue, le pedí a mi mamá que me contara más sobre qué significaba ser de sangre fría.

—Los reptiles son de sangre fría —dijo mi mamá—. Los mamíferos, como Sasafrás y nosotros, conservamos el calor con la energía de la comida que consumimos. Cuando hace mucho calor o mucho frío, sudamos o tiritamos para mantener la misma temperatura. Somos animales de *sangre caliente*.

—Pero los reptiles, como la lagartija de Sofía, no pueden usar la energía de sus alimentos para conservar el calor —continuó—. Ni tampoco les sirve tiritar. Son animales de *sangre fría*. Por las mañanas, puedes ver algunos animales de sangre fría que se recuestan al sol para calentar su cuerpo. Y una vez que lo logran, se arrastran, reptan o se van

dando brincos. Por la noche, y durante el invierno, buscan cuevas, agujeros u otros animales para acurrucarse y conservar el calor. Es importante que las personas que tienen un reptil como mascota usen una lámpara de calor para brindarles una temperatura adecuada.

Qué bueno que mi mamá tuviera un calentador portátil en el establo. Cuando el corral comenzó a calentarse, el dragoncito se empezó a mover un poco y levantó la cabeza. ¡Uf! Solté el aire. Había estado conteniendo la respiración sin saberlo.

Malvavisco dio unos pasos, luego tropezó y cayó al suelo. No se levantó. Le había ajustado la temperatura. Le había dado de comer la noche anterior. Entonces, ¿cuál era el problema?

Malvavisco dejó escapar un gemido lastimero y entrecerró los ojos. ¡Ay, no! ¿Se estaba muriendo? No sabía qué hacer. El corazón me latía a mil. Caminé de un lado a otro. Necesitaba hacer algo... ¡necesitaba a mi *mamá*!

CAPÍTULO 10
LA LLAMADA

Entré corriendo a la casa. Estaba por buscar a mi papá, pero recordé que él no me podía ayudar. Respiré agitadamente. Luego tomé el teléfono y llamé a mi mamá.

Traté de contener el llanto mientras sonaba el teléfono. La llamada pasó al buzón de voz y no pude resistir más. Las lágrimas me corrieron por las mejillas. El dragón iba a morir y todo por mi culpa.

Mi papá entró corriendo.

—¿Zoé? ¿Qué tienes? ¿Te lastimaste?

No sabía qué decirle para que
mi historia tuviera sentido. Finalmente,
me desahogué.

—Necesito urgentemente hablar con mi mamá, pero no contesta.

Mi papá me abrazó y se sentó rodeándome con el brazo.

—La extrañas mucho, ¿verdad?

Asentí con la cabeza, tratando de no llorar.

—En este momento está dando una conferencia en el congreso, así que debe de tener el teléfono apagado. ¿Por qué no le dejas un mensaje? Estoy seguro de que te llamará en cuanto termine su charla.

¡Ay, no! ¡La charla de mi mamá! Pasarían horas antes de que volviera a encender su teléfono. Y para entonces tal vez ya sería demasiado tarde. Lloré con más fuerza.

—Sé que no soy mamá, pero si me cuentas qué te tiene tan triste quizá te pueda ayudar.

Si le contaba a mi papá sobre Malvavisco, no lo entendería. Pero tal vez me podría ayudar con el problema.

—Estaba haciendo un experimento en el que alimenté a una criatura que

encontré en el establo. Comió bastante
de uno de los alimentos que le di ayer.
Y se veía muy bien cuando volví a casa
anoche. Pero esta mañana la encontré muy
enferma. Apenas se mueve. No entiendo
qué le pasa.

Mi papá frunció un poco el ceño.

—No es un animal salvaje, ¿o sí? Eso
puede ser peligroso. Tal vez deba ir a verlo.

—No, no es un animal salvaje. Es más
bien... eh... como una criatura. Mamá me
dio permiso de cuidarla. Y... pues, no creo
que tú puedas verla.

Mi papá parecía confundido.

—¿Es otro de tus experimentos
con insectos? Espero que no sea una araña.
Las arañas no me gustan ni un poquito.

Negué con la cabeza.

—Qué bueno que primero le pediste
permiso a mamá. Mmmm... Tal vez
la comida que le diste le cayó un poco
pesada. ¿Recuerdas lo mal que te sentiste
cuando fuimos de campamento el verano

pasado y te comiste un montón de galletas con malvaviscos y chocolate?

Galletas con malvaviscos. Demasiados malvaviscos. ¡Tal vez eso sea! Mi experimento científico me indicó lo que le *gustaba* comer al dragón bebé, pero tal vez no lo que *debía* comer.

¿Qué hicieron mis papás para que me sintiera mejor el verano pasado? Ese fue uno de los peores dolores de estómago de mi vida. Veamos: mi mamá me regañó por haber comido demasiada azúcar y me hizo tomar mucha agua. Luego, me preparó una comida súper saludable sin nada de azúcar.

Tenía que darle agua a Malvavisco y hacerlo comer algo nutritivo ya mismo. Me levanté de un salto y corrí hacia la puerta. Luego me detuve en seco, regresé corriendo y le di un fuerte abrazo a mi papá.

—¡Gracias, papá! Creo que ya sé cómo ayudarlo.

CAPÍTULO II
¿QUÉ DEBEN COMER LOS DRAGONES BEBÉ?

Cuando llegué al establo, Malvavisco estaba durmiendo. Llené su tazón de agua y se lo acerqué con cuidado. ¿Qué alimentos serían saludables para un dragón bebé? Mi mamá había dicho que en el pasado le había servido estudiar a los animales normales que pudieran tener alguna relación con las criaturas mágicas, como cuando tuvo enfermo al zorro alado. Ella había leído sobre zorros y sobre aves para saber lo que debía hacer.

Corrí hacia el librero. Pasé la vista rápidamente por los libros. ¡Bingo! De la segunda repisa, tomé un libro titulado *Cuidado y alimentación de los reptiles*. El capítulo sobre la dieta de los reptiles tenía justo lo que necesitaba.

El reptil que usted tiene como mascota puede ser carnívoro, omnívoro o herbívoro y debe ser alimentado de manera acorde.

Si su reptil es carnívoro, ofrézcale algún tipo de carne. Algunos reptiles carnívoros prefieren carne de animales, como ratones o peces. Otros reptiles carnívoros prefieren comer carne de animales más pequeños, como gusanos o grillos. Si su reptil es herbívoro, ofrézcale algún tipo de planta, como verduras de hoja y otros vegetales. Si su reptil es omnívoro, comerá algún tipo de carne y algunas plantas.

No había tiempo que perder. Necesitaba saber si Malvavisco era carnívoro, herbívoro o ambos, es decir, ¡omnívoro!

Mientras corría a la casa en busca de provisiones, dejé a un lado mis preocupaciones. Debía tener fe en que este experimento funcionaría. ¡No tardo, dragoncito!

CAPÍTULO 12
¿CARNÍVORO?
¿OMNÍVORO?

Corrí por toda la cocina. Necesitaba algún tipo de carne de animal. Abrí el refrigerador. ¡Ajá! Se me olvidaba que mi papá había ido a pescar con unos amigos hacía unos días. Siempre dejaba los pescados más pequeños para dárselos a Sasafrás. Tomé dos pescaditos.

—Oye, Sasafrás. ¿Podrías compartir uno de estos con Malvavisco?

Sasafrás miró los pescados y dio un fuerte maullido. Tomó uno, lo dejó caer en su tazón de comida y le dio una mordida.

73

Me quedaba un pescado. Supuse que
Sasafrás me estaba dando permiso de
compartirlo con el dragón bebé. No esperé
a que cambiara de opinión. Reuní de prisa
las demás cosas que necesitaba para el
experimento y salí directamente hacia el
establo, seguida de cerca por Sasafrás.

Si Malvavisco se comía el pescado
o los gusanos e ignoraba las plantas,
probablemente era carnívoro. Si solo

se comía las plantas, probablemente era herbívoro. Y si se comía tanto la carne como las plantas, probablemente era omnívoro. Sabía que debía estar escribiendo todo esto en mi diario, pero lo tendría que hacer más tarde. El pequeño Malvavisco necesitaba que me apresurara.

Malvavisco seguía desplomado en el suelo, entre dormido y despierto. De seguro no podría acercarse a los platos, así que los puse justo enfrente de él. Sasafrás maulló y miró el pescado con anhelo. Lo cargué y lo acaricié. Esto le dio algo que hacer a mis manos nerviosas.

Esperé. No pasó nada. ¡Malvavisco estaba demasiado débil! Abracé a Sasafrás, preguntándome qué podría hacer. ¿Y si le acercaba la comida al hocico?

Le ofrecí algunos gusanos, moviéndolos para animarlo.

—¿Quieres darles una probadita? —pregunté.

Malvavisco lamió uno y luego volvió a bajar la cabeza.

Intenté lo mismo con cada uno de los
demás alimentos. Los lamió todos, pero
no se comió ninguno. Me senté en el suelo
y apoyé la cabeza en las manos. No era
capaz de seguir mirándolo.

Entonces oí un ruido. Alcé la mirada
y vi a Malvavisco arrastrarse hacia el
pescado. Se lo comió de un solo bocado.

Luego escondió la cabeza entre la
cola, cerró los ojos y se quedó dormido.
Crucé los dedos de las manos y de los
pies deseando que el pescado y la siesta
lo ayudaran. Me partía el corazón ver al
pequeño Malvavisco tan enfermo.

Sasafrás me dio un golpecito en la
barbilla con su cabeza y ronroneó. Sabía que

estaba súper preocupada por Malvavisco.

Decidí leer el resto del libro sobre reptiles, en caso de que hubiera pasado algo por alto. Mientras leía, Sasafrás se acurrucó sobre mis piernas como una manta tibia y ronroneante.

CAPÍTULO 13
¡MAMÁ!

Abrí los ojos de repente y miré a mi alrededor. El libro sobre reptiles se me había caído de las manos y Sasafrás roncaba suavemente sobre mi pecho. Debía de haberme quedado dormida mientras leía.

Oí que mi papá me llamaba. ¿Qué? ¿Ya era hora de la cena? Sasafrás y yo corrimos a la casa y miramos confundidos hacia todas partes.

—¿Ya vamos a cenar? —pregunté.

Mi papá se rio.

—¿Olvidaste que tu mamá regresaba hoy?

—¿Ya regresó mamá? ¡Ya regresó! *¡Mamá!*
Corrí a su oficina, la abracé y estallé en llanto.

—¡Lo eché todo a perder! Llegó
un dragón bebé
y no estaba segura
de qué le pasaba.
Le di malvaviscos y
al principio parecía
estar mejor, pero luego
se puso mucho peor.
Traté de remediarlo
dándole un pescado,
pero no sé si
funcionó. ¡No quiero
que se muera! —dije,
llorando.

Mi mamá se arrodilló
y me miró a los ojos.

—Ay, Zoé. Debes de haber estado muy preocupada. Pero los animales mágicos son mucho más fuertes de lo que crees. Vamos a ver cómo está.

CAPÍTULO 14
MÁS GRANDE

Mi mamá me llevó al establo sujetándome por los hombros. Me habría gustado resolver esto por mi cuenta y causarle una buena impresión a mi mamá. Pero en lugar de ver a un dragón sano, ella se encontraría con un dragón enfermo al que yo no había podido ayudar.

Cuando entramos al establo, me detuve en seco y me froté los ojos.

—¡Guau! —exclamé.

Malvavisco estaba caminando. Sus ojos brillaban y tenían el doble del tamaño que por la mañana. ¿Cómo era posible? Al parecer los dragones crecen *realmente* rápido.

Sasafrás estaba a punto de entrar en el corral, pero se quedó inmóvil. Creo que también estaba impresionado de ver lo grande que estaba nuestro pequeñito. Malvavisco se acercó trotando y lo rozó con el hocico.

Sasafrás ronroneó con fuerza. Juntos brincaron y juguetearon mientras yo los miraba asombrada.

Mi mamá me dio un fuerte abrazo.

—Zoé, estoy orgullosa de ti. Seguiste intentándolo aun cuando las cosas se pusieron difíciles. ¿Qué te parece si dejamos a estos dos jugando y vamos a ver si tu papá nos regala otros de sus pescados?

Y así, un día horrible se convirtió en un día maravilloso. ¡Lo había logrado! A pesar de haber cometido errores sobre la marcha, pude ayudar a Malvavisco.

CAPÍTULO 15
APRENDIENDO A PESCAR

Sasafrás y yo estábamos en el establo jugando con Malvavisco. Aunque habían pasado pocos días, Malvavisco ya era casi del tamaño de un caballo. A Sasafrás le gustaba montarse en su lomo, en medio de las alas. Una vez allí, Malvavisco se ponía a correr en círculos por el corral hasta que Sasafrás se empezaba a resbalar y se bajaba. Malvavisco siempre se detenía a olfatear a Sasafrás para asegurarse de que estuviera bien. Yo quería guardar para siempre el recuerdo de cómo jugaban. ¡Ah! Todavía no le había tomado la foto a Malvavisco. Corrí por la cámara y tomé una foto de los dos juntos.

Mi mamá entró al establo y miró la foto de Sasafrás montado sobre Malvavisco.

Al principio se rio mucho, pero después se quedó callada.

—Malvavisco está creciendo mucho, Zoé.

Respiré profundo. Sabía lo que ella estaba a punto de decir y no quería oírlo.

—Sé que esta parte es difícil. Pero los dragones no están hechos para vivir en un establo. ¡Están hechos para ser libres!

Asentí con la cabeza y seguí mirando hacia abajo. Si alzaba los ojos para ver a Malvavisco, de seguro empezaría a llorar.

—Claro, sé que se divertiría más volando por el bosque —murmuré—. Y creo que en poco tiempo ya no cabrá en el establo.

Iba a ser horrible despedirnos.

Una vez que Sasafrás dejó de cabalgar sobre el dragón, todos caminamos hasta el arroyo del bosque. Mi mamá quería enseñarle a pescar a Malvavisco.

Cuando llegamos al arroyo, Malvavisco parecía nervioso. En vez de acercarse al arroyo, se me acurrucó por detrás y reclinó su gran cabeza sobre mi hombro. Sasafrás odia mojarse, así que se escondió detrás de Malvavisco.

Mi mamá se enrolló los pantalones y chapoteó en el agua.

—Malvavisco, el arroyo no te hará daño. Es muy divertido. ¿Ves?

Después de unos minutos, Malvavisco se dejó llevar por la curiosidad y se metió con mi mamá al agua.

Ella le mostró que en el arroyo había peces. En cuanto Malvavisco se dio cuenta de esto, quedó *totalmente* encantado con el arroyo. Vio un pez en el agua y trató de atraparlo, pero no pudo y terminó tragando un gran buche de agua.

—¡No te rindas, Malvavisco! ¡Tú puedes! —Sasafrás y yo lo animamos.

Malvavisco lo siguió intentando y por fin atrapó un pez. Después de ese pequeño triunfo, logró pescar con más rapidez. Hasta le llevó un pescado a Sasafrás, que le agradeció con un gran ronroneo.

Me estaba enrollando los pantalones para unirme a la diversión cuando Sasafrás empezó a maullar como loco. Tenía la mirada fija en los arbustos cercanos.

Me quedé muy quieta y observé. Una cabeza azul de dragón se asomó lentamente entre los arbustos. Parecía del mismo tamaño que Malvavisco.

—Ven aquí, cariño —le dije con suavidad.

La dragona no me quitaba los ojos de encima mientras se acercaba con cautela.

Dejé de oír el chapoteo a mis espaldas. Al voltear la cabeza, vi que Malvavisco y mi mamá estaban inmóviles mirando a la dragona. Luego, Malvavisco dejó escapar un sonido hermoso. Era como el ronroneo

de un gato, pero más fuerte. Casi parecía
una canción. ¿Será que los dragones
ronronean cuando están muy contentos?

Los ojos de la dragona se iluminaron
¡y ronroneó! Luego, trotó hacia el arroyo
y olisqueó a Malvavisco. Entrelazaron sus
cuellos a modo de saludo, ronroneando.

La forma en que la dragona movía la
cola azul me parecía familiar. ¿Sería la
amiga que había llevado a Malvavisco a
nuestro establo y había desaparecido entre
los arbustos?

La dragona azul dio unos pasos hacia el bosque. Miró hacia atrás y llamó a Malvavisco. Quería que él la siguiera.

Mi corazón se detuvo. Tenía que despedirme de mi dragón.

Malvavisco dio unos pasos hacia la dragona y se detuvo en seco. Se acercó a nosotros dando saltos y rozó a mi mamá y a Sasafrás con el hocico. Luego apoyó la cabeza en mi hombro, y envolví su fuerte y tibio cuello entre mis brazos.

Parpadeé para evitar que me brotaran las lágrimas.

—Adiós, Malvavisco. Sé un buen dragón.

Le di un empujoncito hacia la dragona. Malvavisco me miró por última vez.

—Anda, no hay problema —me despedí.

Antes de
que yo pudiera cambiar de
opinión, ambos se elevaron en el aire. El
hermoso sonido de dos dragones felices
inundó el bosque. Era un sonido tan
bonito que no me permitía estar triste.

Mi mamá se paró a mi lado y me
abrazó.

—Mira lo sano y feliz que está. Todo
gracias a *tu* ayuda.

Asentí y no pude evitar sonreír
mientras los veía dar piruetas y alejarse
en el aire, hasta que lo único que quedó
de ellos fueron dos puntitos en el cielo.

CAPÍTULO 16
¿HUMO?

Limpié el corral de Malvavisco mientras Sasafrás me observaba. ¡Qué vacío se veía sin el drangocito que saltaba por todas partes! Hasta Sasafrás parecía tristón. Extrañábamos mucho a Malvavisco.

Tomé aire para no derramar más lágrimas. Un momento. Tomé aire otra vez.

—¿Huele a humo, Sasafrás? ¿De dónde viene ese olor?

Sasafrás rascó la puerta del establo y maulló. Ay, no, ¿se estaba quemando algo afuera? Salimos corriendo del establo y vimos a mi mamá junto a una fogata en el jardín trasero. Tenía dos palitos y una bolsa de malvaviscos en la mano.

—Creo que unos malvaviscos asados son la mejor forma de celebrar tu éxito con nuestro amigo el dragón —dijo, sonriendo.

Nos sentamos junto al fuego y, entre risas, recordamos anécdotas sobre el pequeño. Me comí cinco o seis malvaviscos

y ya iba por otro cuando recordé cómo
se sintió Malvavisco después de comerse
un plato entero. Dejé mi palito a un lado
y me limité a disfrutar del fuego. ¡Preferí
ahorrarme el dolor de estómago!

Cuando se hizo de noche, entramos a
casa y me fui derecho a mi cuarto. Sasafrás
se trepó a mi escritorio y empujó con
el hocico mi diario científico, que cayó
abierto en una página en blanco.

Me reí y lo acaricié.

—¡Sé lo que sientes! ¡Yo también estoy
ansiosa por conocer a nuestro próximo
amigo mágico!

GLOSARIO

carnívoro: animal que solo come carne

conclusión: lo que averiguaste con tu experimento (con suerte obtienes una respuesta a tu pregunta, pero no siempre es posible)

de sangre caliente: animal que no necesita del sol para calentarse ni de la sombra para enfriarse porque puede controlar su propia temperatura corporal

de sangre fría: animal que usa el sol para calentarse y la sombra para enfriarse porque no puede controlar su propia temperatura corporal

herbívoro: animal que solo come plantas

hipótesis: lo que piensas que va a pasar con tu experimento

omnívoro: animal que come plantas y carne

reptil: animal que tiene escamas y es de sangre fría

ACERCA DE LA AUTORA Y LA ILUSTRADORA

ASIA CITRO

ASIA CITRO fue maestra de Ciencias, pero ahora se dedica a jugar en casa con sus dos hijos y a escribir libros. Cuando era pequeña, tenía un gato parecido a Sasafrás. A este le encantaba comer insectos y siempre la hacía reír (el juguete favorito de su gato era una nariz humana de plástico que llevaba a todos lados). Asia también ha escrito tres libros de actividades: *150+ Screen-Free Activities for Kids, The Curious Kid's Science Book* y *A Little Bit of Dirt*. Ella aún no ha podido encontrar un dragoncito en su jardín, pero tiene los ojos bien abiertos, por si acaso.

MARION LINDSAY

MARION LINDSAY es una ilustradora de libros para niños a la que le encantan los cuentos y sabe reconocer enseguida cuando tiene uno bueno enfrente. Le gusta dibujar de todo, pero pasa demasiado tiempo dibujando gatos. A veces tiene que dibujar perros para compensar un poco la cosa. Marion ilustra cuentos infantiles y libros por capítulos, y también pinta cuadros y diseña estampados. Al igual que Asia, Marion siempre está a la búsqueda de dragones. A veces sospecha que en la alacena de su cocina vive un dragoncito.